Numéro de Copyright

00071893-1

Esta novela es una ficción.
Cualquier parecido con hechos reales, existiendo o habiendo existido, sería sólo casualidad fortuita y pura.
Reservados todos los derechos. Queda rigurosamente prohibida, sin la autorización escrita de los titulares del copyright, bajo las sanciones establecidas en las leyes, la reproducción parcial o total de esta obra por cualquier medio o procedimiento, incluidos la reprografía y el tratamiento informático, así como la distribución de ejemplares mediante alquiler o préstamo público.

EL TESORO CAÍDO DEL CIELO

Novela
"Obra en Castellano"
Octubre 2021

NUEVA EDICIÓN
2021

Autor
José Miguel RODRIGUEZ CALVO

© 2021 Jose Miguel Rodriguez Calvo
Édition : BoD – Books on Demand,
12/14 rond-point des Champs-Élysées, 75008 Paris
Impression : BoD - Books on Demand, Norderstedt, Allemagne
ISBN: 9782322399376
Dépôt légal : Octobre 2021

EL TESORO CAÍDO DEL CIELO

También en francés del mismo autor, con el título:
"LE TRÉSOR TOMBÉ DU CIEL"

"San Pedro de Rozados"

José Miguel RODRIGUEZ CALVO

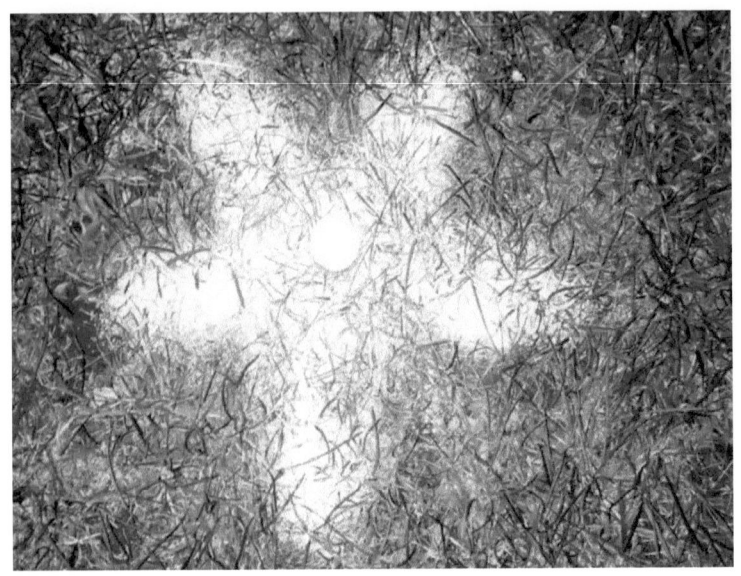

«Para nuestros Angelitos»

Resumen

En Ribeville, pequeño poblado de la región de "La Beauce", el Padre Bertrand, sacerdote de la parroquia descubre una caja llena de oro, caída del techo de su sacristía.
Va a disimularla en el interior de un sarcófago de la vieja cripta de su iglesia.
A partir de ese momento, su vida va exhaustivamente a transformarse y seguir perniciosos y sorprendentes senderos.

1

**Ribeville, región de la Beauce (Francia)
octubre de 1951**

— ¡Ostias, Que pasó!
Exclamó el Padre Bertrand, párroco de la modesta parroquia, ubicada en la extendida y próspera región agrícola, de la cercana-capital gala.
— ¡Perdón Señor, perdón! Prosiguió santiguándose con apresuramiento y nerviosismo,

repetidas veces.

Un espantoso ruido surgido de la sacristía, la cual estaba cerrando, lo hizo sobresaltar.

el Padre Bertrand, acababa de celebrar la misa dominical, y habiéndose despejado de sus hábitos litúrgicos, se preparaba a marchar, al pueblo siguiente, para proceder a ofrecer de nuevo la eucaristía.

Abrió con dificultad la puerta, y lo que vio lo dejó atónico. Casi la mitad del techo, de la modesta sala, acababa de derrumbarse sobre el más que centenario suelo de gres rojo, envolviendo por completo en una espesa nube de polvo, toda la sala.

Y en medio de los escombros, se encontraba una caja de madera a mitad reventada.

El Padre Bertrand, tambaleándose, penetró con temor hasta el fondo de la sacristía, y llegó a la ventana que se apresuró en abrir por completo.

Un buen rato después, el polvo poco a poco acabó despejándose.

El sacerdote entonces se acercó a la caja, y sobresaltó de estupor, ya que esta rebosaba de monedas y de lingotes de oro. El padre retiró cuidadosamente con su dedo el polvo que cubría uno de ellos y percibió las marcas.

Banque de France
FINE GOLD
999.9

— ¡Dios mío, oro puro!

Exclamó con asombro, el sacerdote, llevándose las manos a la cabeza.

Una larga cincuentena de lingotes de un kilo, y una multitud de monedas de oro se habían expandido entre los escombros, por toda la sala.

— ¿Señor, cómo es posible? De dónde proviene todo esto?

El sacerdote aterrado, no acababa de creerse lo que estaba viendo. Una vieja caja de madera, llena de oro, una verdadera fortuna, acababa de caer del techo de su sacristía.

Inmediatamente, se precipitó adentro de la iglesia, para contarle a alguien de lo ocurrido, pero ya no permanecía nadie en ella, esta se encontraba vacía por completo. El último de los feligreses además de sus dos monaguillos, se habían marchado.

Permaneció inmóvil un buen rato, sin saber que hacer, entonces regresó de nuevo a la sacristía, con el aliento cortado, el corazón desbocado y las piernas temblorosas que a duras penas lo sostenían.

El Padre Bertrand, de treinta y seis años, natural del cercano pueblo de *"Auneau"*, situado a unos sesenta kilómetros al suroeste de París, oficiaba en tres parroquias cercanas, ya que había escasez de sacerdotes en esa tumultuosa época, justo después de la guerra. En la diócesis de Chartres, el obispo le había asignado esta pesada tarea que cumplía con empeño y dedicación, celebrando las tres misas dominicales, además de todos los bautizos, comuniones, matrimonios y entierros, dejándole escasos ratos de descanso, que dedicaba con gran deleite y placer, a su pequeño huerto de Ribeville, donde se albergaba.

El joven clérigo era un hombre sencillo, amable y afable, hijo único de una pareja de humildes campesinos, muy creyentes, que habían tenido que desempeñar un esfuerzo descomunal para pagarle sus estudios en el Instituto Católico de París. Había atravesado su dulce infancia en la modesta granja de sus padres en la comuna de *"Auneau",* donde había seguido su educación primaria, antes de integrar el famoso instituto parisino.

Nacido en mil novecientos quince, justo después de la gran guerra, fue movilizado en 1940 como capellán, pero la debacle del ejército francés hizo que regresara rápidamente a sus feligreses, para los cuales era más útil.

De hecho, la mitad del país que había sido ocupado por el ejército alemán en escasas semanas, al no haber encontrado la más mínima resistencia, hizo que Francia estuviera separada en dos por la conocida "Línea de demarcación" cuando el mariscal Pétain solicitó el armisticio.

Y por supuesto, su parroquia, como toda la región, permanecía completamente en zona ocupada.

Sin embargo, ni el ejército francés conocido en ese momento como el mejor del mundo, ni las famosas fortificaciones de la afamada *"Línea Maginot"* que permitiría la inviolabilidad del territorio nacional, pudieron contener los ejércitos del *"Tercer Reich"*, al norte, o las tropas italianas al sur, durante *"La batalla de Francia"*.

La Línea Maginot fue diseñada originalmente para proteger la frontera con Alemania, porque en esos momentos, Bélgica e Italia eran aliados y España era neutral.

Sin embargo, *"Benito Mussolini"* llegado a la cúpula del gobierno italiano en octubre de 1922, no ocultó de inmediato, sus intenciones de acapararse de los ricos territorios de Saboya y Niza, mientras que Bélgica y Suiza se consideraban entonces, posibles campos de batalla.

"La batalla de Francia" comenzó con la invasión alemana de los Países Bajos, luego Bélgica y Luxemburgo, y a partir del 10 de mayo de 1940, la invasión llegó al país galo.

Después del deslumbrante avance del ejército alemán, y La Retirada, por no hablar de la debacle del ejército francés, así como de los británicos que se apresuraron hacia Dunkerque para ser evacuados hacia Gran Bretaña, esta terminó el 22 de junio con la pesada derrota de las fuerzas armadas francesas, y el Mariscal *"Pétain"*, llamado el *"Héroe de Verdún"*, tuvo que resignarse a firmar el armisticio.

De esa forma, los cuatro países acabaron ocupados por el ejército del *"Tercer Reich"*.

La mitad norte de Francia al igual que todo su litoral oeste, hasta la frontera española fue completamente controlada por el ejército alemán, y una franja del sur este, por las tropas de Mussolini, mientras que el gobierno francés, pudo refugiarse en una pequeña zona neutral, bajo la autoridad del gobierno de Vichy.

De esa forma, el país quedó cortado en dos zonas principales, la zona ocupada, y la zona libre. En la primera, la administración francesa compartía competencias con la alemana, en cuanto a la segunda, siguió en manos de los franceses.

2

Volvamos a nuestro pequeño campanario de "la Beauce".

Estamos a principios de junio, y los interminables prados de esa región, semejantes a las inmensas llanuras de la meseta castellana española, aunque de menor tamaño, estaban cubiertos de cereales que ofrecían un decorado multicolor incomparable cuando uno transcurría por las estrechas rutas de la llanura.

El padre Bertrand tomó su vieja bicicleta flanqueada de sus dos mochilas de cuero, donde llevaba sus vestimentas litúrgicas y todos los objetos esenciales para la celebración de la eucaristía. Ésta le permitía ir cada domingo, a los otros dos municipios distantes de apenas diez kilómetros para celebrar sus otros dos oficios del día.

Después de terminar, rendido y desconcertado, regresó a Ribeville y apresuradamente, se dirigió ansioso a su sacristía. Quiso asegurarse de que no lo había soñado.

No, por supuesto, no era un sueño, era una verdadera pesadilla, a la que ahora tenía que enfrentarse.

¿Y ahora, qué debía hacer?

Se arrodilló pesadamente, sobre su viejo reclinatorio y comenzó a recitar toda una letanía de oraciones, tratando de encontrar una respuesta.

— Dios mío, ten piedad, ¡Ayúdame!

Pasó media hora, y el joven sacerdote, ahora más sereno, se puso a la obra.

Sacó una de sus maletas más grandes de su armario y se apresuró de colocar cuidadosamente los lingotes y los *"Louis d'or"* que cubrían el suelo, la cerró y luego, con gran dificultad, pese a la fuerza de su juventud, la devolvió temporalmente a su lugar habitual.

Más tarde, apacible y sereno, buscaría un nuevo sitio más seguro para almacenar el tesoro.

Inmediatamente después, recogió cuidadosamente, los pedazos de la caja rota uno por uno, y los ocultó escondiéndolos afuera, en la pila de leña, que le

3

Mathilde, su criada de siempre, casada con Hippolyte Bernot, apodado *"el tuerto"* por su discapacidad, el desdichado había perdido su ojo izquierdo después de un espantoso accidente, en 1932. Mientras cargaba su carreta de paja, su orca se le escapó de las manos, rebotó contra el piso de su carro golpeándole desafortunadamente en la cara. Sin embargo, este deplorable echo, hizo que lo reformaran, y, por lo tanto, se libró del servicio militar.

Además de cuidar las comidas y el mantenimiento de los asuntos eclesiásticos y personales del sacerdote, así como la limpieza y el adorno de la iglesia, Mathilde ayudaba a su marido, durante el poco tiempo libre que le quedaba, con las tareas de su modesta granja, donde criaban dos vacas lecheras, unos cuantos cerdos y los inevitables animales de corral, para sus necesidades personales.

Hippolyte, con su carro arrastrado por su viejo percherón, *"Boulonnais"* que, con su natural robustez y energía, solía hacer sin mayor dificultad las tareas del campo. También, a menudo transportaba al Padre Bertrand a las dos aldeas, especialmente los días de agua o las frías mañanas, de invierno cuando había helado o nevado, y que los pequeños y sinuosos caminos de la región permanecían intransitables.

Los *"Bernot"* tenían una hija única, Laurette, de unos veinte años, que cuidaba de su huerto, y muy a menudo acompañaba a su madre a la iglesia, cuando era necesario limpiar para los días de fiesta y los eventos.

Ella nunca descuidaba aportar unos ramos de flores de su jardín para decorar la iglesia, y cuando les hacía falta, siempre se las arreglaba, para recoger algunas flores silvestres, que colocaba delicadamente en el altar del sacerdote.

La muchacha, a duras penas ocultaba su cariño por el joven y atractivo clérigo, había que verla, como se deleitaba con sus palabras, cuando pronunciaba su homilía, desde lo alto de su púlpito.

Y por supuesto, el joven sacerdote no tardó en darse cuenta cada vez que sus miradas se cruzaban. También por su asiduidad a confesarse cada semana, acusándose siempre de los mismos insignificantes pecadillos, que harían morirse de risa, al diablo en persona.

En esos pueblos, el domingo era sagrado, gran parte de los feligreses acudían a la ceremonia dominical para encontrar algo de consuelo, dado que la mayoría de ellos habían perdido algún ser querido, un familiar, un esposo, o un hijo en la guerra.
Para los demás era, sobre todo, una oportunidad para trajearse e intercambiar las últimas noticias con sus conciudadanos.
La vida de posguerra resultaría más complicada y dificultosa, que durante la guerra misma. Pero, para los *"Bernot"*, como muchos otros campesinos de esa zona cercana a París, había sido casi benéfica, sobre todo por el mercado negro que se había desarrollado y permanecido en su apogeo durante toda esta, dado que, en la capital, tan solo a un paso, todo faltaba. Se había desarrollado casi un verdadero juego de *"atrápame"*, con los alemanes que no daban pie con bolo, para perseguir y detener los abundantes, y sagaces infractores.
Cada noche, con sus pesadas bicicletas, un sinfín de temerarios recorrían los estrechos y caóticos caminos de la región, en busca de cualquier alimento que llevarse a la boca, pagado a coste prohibitivo a los campesinos, y luego vendido a precio de oro en París.

También es cierto que los pueblos de esa zona se salvaron durante la contienda. Sólo con la excepción de algunas requisas de casas o graneros, por el ejército alemán, para albergar y almacenar la multitud de bienes expoliados de los parisinos, especialmente a los judíos, que fueron deportados a los campos de concentración del este de Europa.

4

"Chartres"

Al Padre Bertrand, no le quedaba más remedio que contarle ahora al obispo, al alcalde y a sus feligreses el curioso incidente de su sacristía.

Por supuesto, los trabajos de renovación tenían inevitablemente que llevarse a cabo, para dejar el lugar habitable y seguro de nuevo.

Y fue, Mathilde, la única otra persona con las llaves, que, llegando temprano por la mañana para limpiar, casi le da un ataque al abrir la puerta de la sacristía.

Asustada, corrió al presbiterio contiguo a la iglesia, para advertir al sacerdote.

Este último, fingió la sorpresa, y con destreza y picardía, disimuló ignorar el accidente, y acompañó a su sirvienta a la sacristía.

Después de comprobar los daños en el techo y el estado de la habitación, corrió al ayuntamiento y en presencia del funcionario, cogió el teléfono, el único disponible en la modesta *"comuna"*, (localidad) para pedir a la operadora que lo pusiera en contacto con el obispado de Chartres.

Diez minutos más tarde, conversó extensamente con el obispo, dándole cuenta de lo ocurrido, pero, omitiendo obviamente lo de la presencia del oro. Este acordó con el alcalde, un rápido comienzo de la obra necesaria, y a los pocos días, el techo fue restaurado y la sacristía quedó otra vez, como nueva. Sin embargo, el Padre Bertrand, habiendo omitido deliberadamente informar de su valioso hallazgo, había decidido tomarse su tiempo, y se propuso buscar un escondite más ameno para el tesoro.

Esa misma noche, se puso en busca de un lugar seguro para albergar su enorme alijo, ya decidiría más tarde que hacer con ese botín casi caído del cielo.

De inmediato, le vino a la mente la cripta del siglo XII situada bajo el templo.

La conocía perfectamente, contenía media docena de sarcófagos de piedra tallada, obviamente ocupados por sus predecesores.

Este lugar inusual, también de vez en cuando servía de almacén de algún viejo mueble antiguo, cuadro u objeto litúrgico.

Para el sacerdote, ese sitio era el adecuado, especialmente en los sarcófagos, que ni siquiera los alemanes durante la guerra, tuvieron la idea o el valor suficiente de violarlos.

Además, estaría muy cerca de él, en un lugar donde nadie se aventuraría, especialmente porque era el único con la pesada llave de hierro, que permitía el acceso.

Normalmente, su objetivo no era apropiarse de esas riquezas, sino tener tiempo para encontrar la solución correcta.

Pero el acceso a las catacumbas, que se hacía por una puerta metálica disimulada bajo las lanchas de gres perfectamente oculta bajo el pesado armario de roble, de la sacristía, descendía a la cripta por una escalera estrecha y empinada que impedía que el sacerdote bajara la pesada maleta.

Entonces, no le quedaba más remedio que traspasar su contenido en varios alijos más pequeños, fáciles de acarrear hasta el complejo lugar. Y de pronto se acordó de los sacos de harina de lona blanca muy sólidos que se usaban para trasportarla en aquellos tiempos. ¡Si! Sin lugar a duda eran los adecuados, ligeros, resistentes y fáciles de manejar por aquella exigua escalera.

Esa misma noche, tan pronto como Mathilde partió después de haber preparado su cena, se puso a la obra, llenando uno a uno, veinte de ellos, y bajándolos dolorosamente a la cripta.

Cuando terminó, lo que iba a ser más doloroso para él, seria éticamente, dado que iba a tener que profanar la tumba de uno de sus compañeros siervos de Dios.

Ahora, no le quedaba más remedio que desviar lo suficiente la pesada tapa de piedra que superaba y sellaba uno de los sarcófagos.

Eligió la tumba más alejada de la salida, la cual llevaba una cruz y la inscripción siguiente.

"Padre Richard"
22-diciembre 1423 - 16 febrero 1475

Después de haberse recogido un buen rato frente a la tumba, rezando unas oraciones, intentó mover la pesada tapa, empujando con todas sus fuerzas, pero no se movió ni un dedo. Tenía que buscar otra manera para conseguirlo, porque por supuesto, no podía pedir ayuda a nadie, el secreto debía ser preservado, por encima de todo.

De pronto, le vino como una lucidez repentina, recordó que un montón de gruesas cuerdas de cuando se sustituyeron las nuevas campanas, que habían sido desmanteladas y fundidas por los alemanes. Se encontraban apiladas en una esquina de la parte superior de su campanario. Subió inmediatamente a su cúpula, y tomó una de ellas, que descendió con gran dificultad por las estrechas escaleras de piedra hasta la cripta.

Allí, rodeó completamente la pesada tapa, y ató ambos extremos a uno de los muchos anclajes de hierro, sellados en la pared.

El padre Bertrand entonces tomó una larga barra de hierro entre los muchos objetos almacenados, e hizo un torniquete. Inmediatamente, la pesada cubierta comenzó a moverse sin demasiado esfuerzo.

Lo consiguió. Logró desviar la enorme cobertura, hasta poco más de la mitad, lo suficiente para permitirle el acceso. Los viejos huesos del difunto Padre Richard estaban allí cubiertos con el sudario amarillento por el paso del tiempo. Con extrema suavidad, levantó los restos mortales del clérigo, y los depositó con gran delicadeza en el suelo. Inmediatamente después apiló las pesadas bolsas llenas de oro, en el fondo de la cavidad, y con la máxima precaución, colocó sobre ellas, el osario que contenía los frágiles restos del Padre Richard.

Luego realizó la misma operación, esta vez atando la cuerda a otra anilla de la pared opuesta, y la tumba permaneció sellada de nuevo.

Por fin, el tesoro estaba ahora a salvo.

El Padre se paró a pensar, y se preguntó, como había podido perpetrar ese acto infame, y cometer el inexcusable sacrilegio, profanando de esa manera tan inexcusable la tumba del Padre Richard. No obstante, no se le había ocurrido otra cosa, pero no pudo evitar el horrendo sentimiento de culpabilidad que le atormentaba.

5

"Campo de Ribeville"

Pasados seis meses en Ribeville, el soleado verano había terminado, sin otro particular suceso ~~que~~ el inevitable trabajo del campo, que había ganado en calidad ese año, a pesar de la falta de mano de obra. No olvidemos que acababa de terminar la guerra hace escasos meses, y que muchos hombres habían muerto o desaparecido, unos durante las terribles batallas, y otros presos en los numerosos campos de concentración, del este de Europa. De los pocos que volvieron a casa, la mayor parte, estaban heridos de gravedad, lo que les impedía desarrollar el pesado y arduo trabajo del campo. Y naturalmente, la nueva generación llamada en Francia *"baby boom"*, que acababa de nacer, le llevaría largos años aún, para iniciar el relevo.

Así que sólo quedaban, por así decirlo, los ancianos y las mujeres, los únicos que siempre tuvieron que tomar las riendas, y llevar a cabo la mayoría de las agotadoras tareas del campo, durante los largos y desafortunados acontecimientos del largo conflicto.

El Padre Bertrand, seguía con sus invariables actividades de su sacerdocio, y casi había olvidado la increíble historia del *"tesoro"*.

Para la familia *"Bernot"*, la vida seguía igual, a pesar de la ya avanzada edad de Mathilde y de su marido, que había superado de largo plazo, la edad de jubilación.

En cuanto a Laurette, todavía continuaba igual de enamorada de su imposible e inalcanzable amor platónico.

Habían trascurrido unos meses, e irrumpían ahora, los primeros días de diciembre. La nieve acababa de caer por primera vez del año, toda la llanura apareció cubierta con un magnífico manto inmaculado. Caminos y senderos, habían desaparecido bajo la gruesa y uniforme alfombra blanca.

Sin embargo, algo intrigó al Padre Bertrand esa mañana. Se observaban perfectamente sobre el suelo nevado, los rastros de un vehículo, que había llegado durante la noche y efectuado una maniobra en la pequeña plaza de la iglesia, antes de volver a marchar por la misma ruta.

Había ocurrido con toda discreción, dado que dormía en su presbiterio a escasos metros de distancia, y no se había percatado de su presencia ni percibido ningún ruido.

Con toda certeza, la gruesa capa de nieve había, amortiguado perfectamente el inevitable estrépito del vehículo.

El Padre permaneció un tanto dudoso, dado que nadie había llamado a su puerta y no se percibía el menor rastro de pasos al lado de las huellas de las ruedas.

¿Quién había llegado hasta ese lugar de Ribeville, sin pararse a preguntar, durante esa inhospitalaria noche?

Una extraña sensación cruzó la mente del joven sacerdote. Intentó rebuscar en su intelecto alguna razón para explicar ese curioso hecho, pero no consiguió aportar la más mínima sensata explicación. Había sucedido, ¡sí! Pero no comprendía esa absurda insensatez, no le cuadraba, y para él era lo suficiente absurdo para que su espíritu permaneciera apacible.

6

A principios de enero de 1952

Fue, apenas dos semanas, después del curioso hecho de esa fría noche de diciembre, con la inexplicable y sorprendente visita nocturna anónima, cuando ocurrió otro acontecimiento despertando de nuevo la ansiedad del sacerdote, y de sus fieles, pero esta vez, de forma muy distinta.
El exhausto reloj del campanario está a punto de activar los diez tintineos que marcan el comienzo de la celebración de la inmutable misa dominical.
Algunos feligreses retrasados apuran el paso, para acudir a tiempo a la ceremonia.

En la sacristía, el Padre Bertrand termina de ajustar su ropa litúrgica y como de costumbre, se dirige hacia la entrada de su iglesia para dar la bienvenida a sus fieles.

Es un domingo radiante y soleado de enero, el aire aún frío, azota los semblantes, pero el cielo despejado y los ya cálidos rayos del sol han vencido el grueso manto blanco, derritiendo los últimos islotes de nieve todavía presentes en algunos prados.

Al instante, una gran limusina negra, accede precipitadamente a la pequeña plaza, y dos individuos trajeados y cubiertos de largos abrigos de cuero que caen hasta sus pies, descienden de su vehículo, y se dirigen a paso ligero hacia la puerta del templo.

El Padre, como todos los fieles presentes, de repente percibe en su interior, una irremediable sensación de pánico.

La escena que acaban de observar les rememora unos años atrás, dolorosos recuerdos de aflicción y sufrimiento.

Los dos hombres, rubios, de unos cincuenta años, obviamente de origen extranjero, pasan delante del sacerdote, dirigiéndole un ligero guiño y se acomodan en el banco de la primera fila.

El resto de los feligreses entran a su vez. El servicio comienza, y el Padre Bertrand debe darse la vuelta varias veces, demostrando señales de exasperación, para detener el inusual alboroto que llega a sus oídos. Pero los fieles, sorprendidos por la presencia improvisada de los dos extraños, continúan susurrando.

El servicio termina y los asistentes salen, y como de costumbre, la mayoría se reúnen en círculos para contarse los últimos cotilleos, pero esta vez las conversaciones tratan todas, del mismo tema.

¿Quiénes son esos hombres? ¿Qué hacen aquí?

Nadie tenía la menor idea, excepto tal vez Padre Bertrand.

En todo el pueblo los inevitables chismorreos no paran, todos los vecinos opinan aludiendo con sus comentarios los más inusitados y extravagantes.

— ¡Al parecer, son ganaderos en busca de un lugar idóneo para establecer su enorme granja!

— ¡Lo dudo mucho, tienen más pinta de industriales planteándose la zona adecuada para ubicar su fábrica!

— ¡Sí, tengo entendido que son geólogos, que van a sondear todo el campo para localizar yacimientos para alguna petrolífera!

— ¡Los cabrones! ¡Nos van a saquear nuestras mejores tierras!

— Por supuesto, esa gente no se anda con rodeos, la naturaleza les importa un rábano!

— ¡Dalo por seguro, solo buscan su beneficio, contaminar nuestro campo, es lo de menos!

¡Ya! ¡Y encima son alemanes! Los echamos por la puerta y vuelven por la ventana. ¡La madre que los parió!
¿Y El alcalde, qué dice?
— ¡Bueno, "Emile" por lo visto no sabe nada, ni tan siquiera se lo han consultado! Que bastardos, a mí, esas cosas me sacan de quicio, como si no tuviéramos suficientes problemas.
— Escucha, a mí los políticos me dan asco, son todos unos inútiles, corruptos, solo les importa sus carreras, y el dinero!
¡Y, encima, por si fuera poco, les dan el trabajo y las concesiones a extranjeros!

Al Padre Bertrand, no le cabía la mínima duda, ya sabía perfectamente de que se trataba, había adivinado inmediatamente el propósito de la presencia de los dos forasteros.
Dos días después, los dos hombres regresan, pero esta vez de forma más discreta.
Como todos los días, el sacerdote tomaba su almuerzo, que Mathilde indefectiblemente le preparaba, en la pequeña mesa de roble de su presbiterio, cuando alguien llamó a la puerta.
Se levantó serenamente de su silla y fue a abrir.
Los dos mismos hombres del otro día, se encontraban ahora frente a él, en el portal.
— Buenos días, caballeros, ¿En qué puedo servirles?

— ¡Buenos días, Padre! contestaron a unísono, los dos individuos con acento alemán tipo coronel Klink.

— Somos historiadores, mandatados por el nuevo gobierno alemán, a la búsqueda de cualquier informe, o indicio, sobre personas que fueron expoliadas de sus valiosas pertenencias, durante la guerra, o que tengan quejas que presentar a las autoridades alemanas.

Nuestros dos países deben vivir ahora en paz y armonía, por lo que debemos hacer todo lo posible para garantizar, que la plena reconciliación sea posible. Estamos desempeñando una amplia campaña, para devolver los bienes confiscados durante la guerra, que deben ser debidamente devueltos a sus legítimos propietarios, y tenemos la tarea de reunir la información necesaria para llevar a cabo nuestra misión.

Esta es la razón que nos trae ante usted, máximo representante de la autoridad moral.

— Me parece una tarea muy responsable y sumamente reconfortante, el hacer todo lo posible para que nuestros dos países, que tanto sufrieron vuelvan a confiar de nuevo en un futuro sereno y armonioso.

Contestó el padre, un tanto sorprendido.

— ¡Pero pasen por favor, pasen!

¿Qué tipo de información precisamente están buscando?

— Cualquier detalle, nombre o dirección, que pueda ayudarnos a localizar las personas que fueron víctimas de robos indebidos por parte del ejército alemán, o de sus numerosos grupos de intervención, policía, SS, Gestapo, en fin, por todas las fuerzas de ocupación.

— Muy bien, voy a difundir el mensaje a los feligreses y conciudadanos, si lo desean, me pondré en contacto con ustedes de nuevo!

— Muchas gracias, volveremos en poco tiempo, para las noticias.

— ¡Perfecto, como ustedes deseen!

Concluyó el padre Bertrand, quedándose un poco pensativo.

Los dos hombres abandonaron la rectoría, pero uno de ellos se fijó en los restos de las viejas tablas que llevaban las inscripciones *"Waffen-SS"*, y que el sacerdote había ocultado en aquel momento, entre los troncos de la pila de leña.

Sin embargo, esta, se había reducido en tres cuartas partes a consecuencia del necesario consumo de leña del invierno, y había dejado a la luz los restos de la caja que contenía el tesoro.

Los dos hombres intercambiaron unas palabras en alemán y sin más, abandonaron el pueblo.

Pero para el Padre Bertrand, que se percató del detalle, no le quedaba la más mínima incertidumbre, esos dos hombres habían vuelto a Ribeville para recuperar el oro que habían escondido años atrás, en el techo de su sacristía.

No le cabía la menor duda, lo sabía perfectamente, y ahora se sentía en peligro. Al haber visto las tablas de la caja, los alemanes sabían que su botín había sido descubierto. Sabía también, que esa gente era capaz de lo peor para llegar a su fin.

Por supuesto, la guerra había terminado, pero el Padre tenía algo claro, bajo ningún concepto dejarían escapar el valioso tesoro.

7

« Waffen-SS »

A principios de junio de 1944

Los aliados acababan de desembarcar en Normandía, y para el ejército alemán, suena el comienzo de la derrota en el frente occidental.
Durante todo el período de ocupación, el saqueo de la propiedad pública y privada fue sistemático.
Todos los militares de alto rango y en primer lugar el *"Fuhrer"* y sus generales, pero también los oficiales como la SS o la Gestapo, (Policía secreta del estado) que cumplían rigurosamente las órdenes, de buscar

y arrestar los opositores internos y externos del régimen, se encargaban a la vez de hacerse con los bienes más valiosos para sus superiores. Estos, por supuesto, fueron finalmente los primeros en quedarse con los mejores y más preciados hallazgos. Todo lo cuantioso o de gran valor, fue saqueado y sustraído, para ser transportado a Alemania.

Así, estos bienes fueron almacenados y protegidos en todas partes y especialmente en los lugares más inverosímiles y secretos, a la espera de transferirlos en un convoy seguro a los nuevos propietarios.

Y la pequeña iglesia del Padre Bertrand, como muchos otros lugares tranquilos de la zona, sirvió durante ese período para el propósito.

Entre los oficiales, se encontraban dos miembros de las *"Waffen SS"*, que se encargaban especialmente de perpetrar y llevar a cabo las expoliaciones y robos de todo tipo para los altos cargos del ejército del sector parisino. Primero los disimulaban en lugares seguros, para posteriormente mandarlos discretamente a su nuevo destino.

Al comienzo de los saqueos y las sustracciones, una parte de los ocupantes de un convoy interceptaron una carga con parte del oro del *"Banco de Francia"* que se dirigía hacia al territorio libre de Vichy, donde se refugió el gobierno de Philippe Pétain.

Buena parte de las cajas llenas de lingotes y monedas de oro, fueron incautadas por el ejército alemán y almacenadas temporalmente en varias partes de la zona, incluyendo la iglesia de Ribeville.

Sin embargo, como ocurría con todas las incautaciones, no todo iba a parar a las arcas del *"Tercer Reich"*.

Y nuestros dos oficiales, presionados por los desembarques de Normandía, y el avance fulgurante y metódico de los aliados, decidieron mutuamente, ocultar parte del botín en el falso techo de la sacristía del Padre Bertrand.

Estos dos oficiales eran el *"SS-Hauptsturmfihrer"* (capitán) Karl ACKERMANN, y el *"SS-Obersturmfihrer"* (teniente) Ludwig VOGT.

Los mismos, dos hombres que ya conocemos por las visitas improvisadas a Ribeville después de la guerra.

Recordemos las iniciales pintadas en los restos de la famosa caja.

"K.A. und L.V."

8

En Ribeville, los dos supuestos funcionarios enviados por el nuevo gobierno alemán, con fin de facilitar el acercamiento entre los dos precedentes enemigos, y proceder a la devolución de los bienes acaparados a los franceses, y más precisamente a los judíos deportados a los campos de concentración, se volvían cada vez más apremiantes con el padre Bertrand. Ahora llegaban sistemáticamente cada semana los domingos siempre a la hora de la misa.

Y como acostumbraban invariablemente, tomaban asiento en la primera fila bien a la vista, con fin de desestabilizar al sacerdote.

Los fieles, que aún no conocían el verdadero propósito de su presencia, se habían acostumbrado a verlos y ya a penas les prestaban atención, hasta el punto de que cuando llegaban un poco tarde, acababan preocupándose por ellos.

Aunque sin conocerlos, casi se habían convertido en dos asiduos feligreses más, de la aldea.

De ninguna manera, a nadie se le hubiera ocurrido sentarse en sus lugares habituales, estos permanecían siempre desocupados, aún cuando no presenciaban la ceremonia.

Para el Padre Bertrand, era muy diferente, su asidua presencia, la tomaba como una forma de presión en su contra, lo sabía perfectamente, pero trataba de ignorarla, centrándose en su tarea, dándose aún más si cabe con empeño, implicación y entusiasmo, para perfeccionar la ceremonia de la eucaristía.

Incluso todos los fieles, se habían dado cuenta de que estaba exagerando un poco, prolongando excesivamente las diversas fases, incluyendo sus homilías y predicaciones, que a veces, acababan volviéndose interminables. Para él, era la manera de demostrar a los intrusos, que no les temía.

Sin embargo, nada afectaba la paciencia de los dos hombres que casi todos los domingos solicitaban hablar con él, al final de la ceremonia, insistiendo una y otra vez en recuperar información sobre las personas desposeídas de su propiedad.

Pero era obvio de que la situación iba inevitablemente evolucionar, era ya ineluctable.

El Padre Bertrand, lo sabía perfectamente, esos hombres, no renunciarían tan fácilmente en recuperar su botín. Conocía muy bien sus prácticas durante la guerra, y aunque la paz había vuelto de nuevo, ellos permanecían tal y como eran.

Una noche, justo antes de meterse en la cama, el sacerdote recibió la inoportuna visita de los dos individuos. Esta vez, sus semblantes expresaban actitudes muy diferentes, la cortesía se limitó al mínimo, la actitud había cambiado por completo, y se podía sentir una inequívoca arrogancia en sus miradas, como si el pasado hubiese despertado de repente las antiguas maneras de tratar a sus numerosas víctimas.

El Padre sabía que había llegado el momento de la verdad, la que tanto temía, aunque era obvio que, de ninguna manera, podría descartarla. Ahora solo quedaba enfrentarse a la dificultosa y desdichada realidad.

— ¡Padre Bertrand, creo que no nos hemos entendido!

Afirmó "*Ackermann*" con facha de inquisidor.

— Hemos venido, únicamente, para el bien de sus conciudadanos, y tratar de subsanar el daño que nuestro ejército causó durante el largo y doloroso conflicto, y nos damos cuenta de que usted está entorpeciendo nuestro trabajo sin hacer nada para facilitarnos la tarea. Sabemos que su iglesia sirvió de almacén para las obras de arte y objetos de valor durante cierto período de la guerra.

— Sí, también sabemos por nuestros servicios que

todo lo que se encontraba en ella, no fue trasladado a Alemania, por lo tanto, alguien tiene que saber lo que ocurrió con el resto.
Añadió *"Vogt"*, con cierta ironía.

— Perdonen, pero si no me equivoco, fueron sus compatriotas del ejército, los que custodiaron y protegieron día y noche lo almacenado en la iglesia.
Aseguró el clérigo.

— Tal vez, pero de acuerdo con la exhaustiva contabilidad proporcionada por nuestros servicios, faltan cosas valiosas, y estas han desaparecido.
El padre Bertrand exacerbado por la inadecuada actitud de los dos individuos, empezaba a perder la paciencia.

— ¡Escuchen señores, ya es suficiente, si siguen insistiendo con esos modales, no tendré más remedio que poner el asunto en manos de la autoridad competente, después de todo, si ustedes piensan que ha habido algún robo, corresponde a la justicia intervenir!
Concluyó el sacerdote.

— ¡Padre, vamos a ver, seamos sensatos, no se lo tome de esa forma, después de todo, todos queremos lo mismo!
Añadió "Ackermann".

— Bueno Padre, disculpe por esta visita tardía y por el tono un tanto alterado de nuestra conversación.

De ninguna manera, quisiéramos molestarle o ofenderle. Si a sido así, le ruego nos disculpe por nuestra forma de actuar, quizás un tanto rigurosa y estricta. Ni mucho menos hemos querido ser provocativos o desafiantes, solo tomamos nuestro trabajo con cierto rigor y empeño, y tal vez a veces nos excedemos, pero le aseguramos, que tan solo es con el único propósito y deseo de hacer bien las cosas.

Pero, estoy seguro de que encontraremos una solución, de manera más adecuada y serena.

Prosiguió "Ackermann", a la vez que regresaban a su vehículo, exhibiendo una ostentosa e insolente sonrisa.

El sacerdote, intuyó que el asunto, solo acababa de comenzar, y que no sería sencillo, ni cómodo, llegar hasta el final y asegurarse la victoria.

9

Pasaron varias semanas, sin que los dos alemanes aparecieran por Ribeville.

El padre Bertrand y sus feligreses ya casi los habían olvidado. La aldea había vuelto a su vida apacible e inalterable, recobrando su serena quietud. Los campesinos seguían con el arduo trabajo de los campos, y los escasos niños, el camino a la pequeña escuela *"comunal"*, dirigida con rigor y dedicación por él maestro Monsieur *"Aubert"*.

Mathilde, por su parte, empezaba a expresar signos de fatiga, y cada vez le resultaba más difícil cumplir con los deberes de la parroquia, pero a pesar de todo, continuaba preparando las comidas diarias del Padre Bertrand. Sin embargo, las duras y exigentes tareas de los atuendos del Padre, y el arduo mantenimiento de la iglesia, cada vez se le hacían más cuesta arriba y complicadas, debido a su edad y, a su ya precaria salud.

El Padre Bertrand ya había hablado del asunto con Mathilde, y también con el obispo.

Tenían que hallar sin demora, una alternativa ya que las tareas se volvían más importantes, y cada vez se requerían más esfuerzos.

Con el acuerdo del obispo, propondría a Laurette una propuesta, asegurar la mayor parte del trabajo y dejar a Mathilde su madre, que de ninguna forma se trataba de despedir después de tantos años de buenos y leales servicios, seguir con las pequeñas labores con su hija, para que, entre las dos, pudieran atender las numerosas necesidades de la parroquia.

Por supuesto, Laurette, que lo estaba deseando, aceptó con gran entusiasmo y placer, el generoso ofrecimiento del Padre Bertrand. Nada más en la vida podría haberla colmado y llenar de placer.

Ahora pasaría mucho más tiempo cerca de su secreto amor platónico, atendiéndolo y mimándolo cada día, sin preocuparse del que dirán de la gente, que inevitablemente gozaba y disfrutaba con los ineludibles chismorreos.

En cuanto a Mathilde, iba a poder descansar, y al mismo tiempo mantener sus menguados pero imprescindibles ingresos pecuniarios tan necesarios para sostener la vida del hogar. Las cosas parecían haberse solucionado para todos, pero como dice el refrán, *"En casa del pobre dura poco la alegría".*

Escasos días después, la fatalidad iba a asediar, atormentando dolorosamente, la familia *"Bernot".*

Una mañana, unos vecinos, encontraron a Hipólito, el padre de Laurette y esposo de Mathilde, muerto al pie de la escalera con la que tallaba sus árboles frutales.

Y todo el pueblo se sorprendió, porque siempre tomaba las máximas precauciones para esta tarea, que llevaba efectuando toda su vida sin el menor percance.

Rápidamente, la Guardia Civil se presenció, y al instante, observó una herida muy significativa en la parte superior del cráneo. Este había sido completamente destrozado.

Tan solo un fuertísimo golpe con una gruesa piedra podía haber causado esta tremenda y fatal herida, pero no se encontró el menor rastro de tal peñasco en los alrededores del cadáver.

Para el médico que lo examinó, la causa de la muerte de Hipólito resultaría una incógnita, y no pudo determinar la verdadera causa de la horripilante herida.

Dos días después, el sacerdote recibió de nuevo la visita nocturna de los dos alemanes que pensaba verdaderamente haber perdido de vista para siempre.

— ¡Padre, nos enteremos de la desgracia de uno de sus fieles, le presentamos nuestro más sentido pésame, y lo sentimos mucho. ¡De verdad, no somos nada!

10

"Gendarmes"

Los temores del padre Bertrand no tardaron en concretarse. Apenas dos semanas después, tuvo lugar otro terrible y macabro evento.

Una mañana, los campesinos que se dirigían a sus campos se encontraron con un odioso espectáculo.

Mathilde, yacía tendida en el suelo, rodeada de un charco de sangre, sobre los escasos escalones que facilitaban el acceso a la iglesia.

Por suerte, aunque con gran dificultad, la sirvienta, aún respiraba, y fue un médico de *"Auneau"*, llamado con urgencia, que logró atenderla y reanimarla.

Para la anciana, fue un milagro, ya que presentaba una gravísima herida en la frente, que sangraba abundantemente, no obstante, el doctor pudo salvarla, pero la desafortunada mujer había perdido la memoria, y no pudo dar ninguna explicación sobre lo que había sucedido. Entonces al médico, no le quedo otra opción que la de imputar la lesión, a una mala caída en la resbaladiza escalera de piedra. Sin embargo, para el sacerdote, esta nueva tragedia llevaba con toda certeza, la seña muy obvia de los dos extranjeros.

Y al igual que para el drama anterior, nuestros dos personajes acudieron a formular su abrumadora e hipócrita desolación al Padre, con el mismo aire impertinente y engreído. Para el padre Bertrand, era demasiado, habían cruzado la línea roja, y no le quedaba mas remedio que la de reaccionar y pasar a la ofensiva. Pero cómo atacarse a estos personajes, capaces de lo peor, sin poseer la más mínima prueba formal de sus delitos.

¿De qué manera enfrentarse a ellos?

Las autoridades ni tan siquiera los habían sospechado y menos aún incriminado, y el, permanecía ahora en un callejón sin salida, en una verdadera trampa, que le impedía actuar sin revelar la presencia del tesoro, protegido en la tumba del desafortunado difunto Padre Ricardo. Sobre este tema, se preguntaba si el Señor le perdonaría algún día la profanación de la tumba de su pobre predecesor.

Le daba vueltas a la cabeza, pero no se le ocurría la manera de hacer frente a esos culpables malhechores que lo aterraban, y le impedían desarrollar debidamente sus planes.

El Padre Bertrand debía, sin demora, elaborar una estratagema para poner término a las sospechas de los dos extranjeros, y librarse de su belicosa y abusiva presencia para siempre.

Y para eso, no le quedaba más remedio, que dirigirlos hacia una pista falsa.

Durante toda su instancia en París, los dos odiosos benefactores se albergaban en la capital, en el domicilio de uno de sus antiguos colaboradores de la *"Milicia"*.

Los numerosos miembros de esta última, que eran franceses, habían colaborado estrechamente con el ocupante durante la guerra, y perpetrado odiosas actividades delictivas contra sus compatriotas, llevando a cabo, denuncias, arrestos y torturas sin el menor remordimiento, interesados únicamente por el lucro y los beneficios de todo tipo que les proporcionaban los invasores alemanes, y especialmente los servicios como la Gestapo y las SS.

Los dos exoficiales, por lo tanto, habían mantenido lazos muy estrechos con el entorno colaboracionista de la época, a quien debían el haber pasado entre las mallas de la red al final de la guerra, y la exhaustiva depuración que siguió.

Y ese fue precisamente el caso de *"Ackermann"* y *"Vogt"* que, debido a sus actividades, tenían gran interés de ser olvidados por sus respectivos gobiernos.

El hecho es que, durante las visitas al presbiterio, habían dejado el número de teléfono de su apartamento de París, en caso de que el Padre tuviese que comunicarse con ellos.

Precisamente el dicho número no era otro que el de su antiguo anfitrión y amigo, *"Jean Lebrun"*, un viejo colaboracionista, que nada más terminar las hostilidades se convirtió, como muchos otros más, en un honesto ciudadano, fuera de la mínima sospecha.

Un apacible relojero, en lo que a él se refiere, en su impresionante y pomposa tienda cerca de la relevante *"Plaza Vendôme"* de París. El mismo, que no había dudado un solo instante, blandir su brazalete de las FFI (Fuerzas Francesas del Interior), y que había contribuido en la vergonzosa ignominia de denunciar a algunos de sus amigos y conocidos colaboradores, pavoneándose después y participando activamente en rapar públicamente, en las plazas públicas, las mujeres que habían frecuentado los alemanes, en la conocida *"colaboración horizontal"*.

Al Padre Bertrand, se le ocurrió una idea que quizás lo sacaría del engorroso apuro. Se puso en contacto con ellos para informarles sobre lo ocurrido en la sacristía, la caída del techo, que obviamente desconocían.

Por supuesto, el alcalde iba a corroborar los acontecimientos tal y como habían ocurrido, en especial porque había personalmente, solicitado la rehabilitación del techo, y pagado con la ayuda del obispado, las obras necesarias, y de esa manera testificar de que allí no se había hallado nada valioso.

De esa manera, el Padre pensaba que los dos alemanes podían creer lógicamente que el robo había sido perpetrado por alguien que necesariamente, conocía la presencia del botín en ese lugar tan particular.

Y por supuesto, sin lugar a duda, las dos únicas personas que podían saberlo tenían que ser necesariamente los dos exoficiales.

11

Después de la muerte de su padre y el desafortunado accidente de su madre Mathilde, Laurette se había vuelto mucho más cercana y entrañable con su querido mentor.

Era fascinante verla, como se deleitaba con sus palabras cada vez que subía al púlpito, a pregonar su homilía. O también como cuidaba con meticuloso esmero sus atuendos litúrgicos, sin mencionar la intachable dedicación al mantenimiento de la iglesia, en la que no se podía observar el mínimo rastro de polvo o la más insignificante telaraña.

Y qué decir, de la sacristía, o el reducido presbiterio que había convertido en un verdadero pequeño nido acogedor. Laurette lo cuidaba, con esmero y asiduidad, colmando con pulcritud la más mínima de sus necesidades.

Se había locamente enamorado del sacerdote, y ninguna otra cosa le importaba, ni suponía el más insignificante interés para ella.

Y aunque nunca se había atrevido a declararle su amor, toda su vida giraba en torno al Padre Bertrand, a quien apreciaba más que la niña de sus ojos, llegando casi hasta el punto de convertirse en verdadera obsesión. El Padre, también a pesar de todo, no había permanecido insensible, a tanta benevolencia y dulzura, aunque con gran dificultad, trataba de mantener cierta formalidad y distancia.

Puntualmente, el padre visitaba cada día a la desdichada Mathilde, que apenas dejaba su cama unas horas al día.

El Padre había mantenido su salario, lo que le permitía pagar las visitas del Doctor Richard, que llegaba a caballo dos veces por semana desde su oficina de *"Auneau"*.

El sacerdote, hacia eso, por pura caridad cristiana, pero también porque se sentía culpable por las desgracias de la familia *"Bernot"*, que además de la muerte de Hipólito y la grave condición de Mathilde, se había visto obligada a malvender su pequeña granja, con todos sus animales y sus escasas tierras. Mathilde y Laurette con gran dificultad, habían logrado quedarse con la humilde casita, apenas habitable donde se albergaban antiguamente la pareja de temporeros que llegaban para la siega. También lograron quedarse con el diminuto huerto, donde Laurette plantaba algunas hortalizas y sus preciosas flores que con gran orgullo destinaba a la iglesia.

El padre Bertrand, que hasta entonces había logrado controlar y negarse a si mismo, lo que parecía cada vez más obvio, debía ahora admitir que él también, sentía algo nuevo, que ya no controlaba, y que había terminado ocupando un lugar considerable en sus pensamientos.
Sencillamente, se había enamorado de Laurette.
Jamás podría haber imaginado que tal cosa podría sucederle. ¡No, a él no! estaba demasiado seguro de su compromiso con el Señor, con su sacerdocio.
Sin embargo, las palabras de advertencia de su obispo ahora resonaban en su cabeza,
— ¡Tendrás que enfrentarte a los dulces e irresistibles cantos de sirena, que no dejarán de llegar a tus oídos, verás que son irrefrenables, entonces deberás resistir para no sucumbir a su delicado encanto, porque claudicar ante ello, será para ti, como un dulce e irresistible tormento!
Ahora entendía mejor esas sabias palabras, que se había apresurado rechazar, ya que le parecían inverosímiles.
Sin embargo, ya no solo se insinuaban, ahora llamaban con fuerza, a la puerta de su fuerte interior.
¿Qué otra cosa podía hacer, aparte dejarlas pasar?

12

Ahora se encontraba con dos controversias en sus brazos. Sin embargo, antes de hablar con Laurette, debía resolver el peligroso e inquietante problema con sus acosadores, que no tirarían la toalla tan fácilmente. Esos individuos estaban curtidos en llegar a sus fines por cualquier procedimiento, y para ello, no les faltaría imaginación. Decidió, poner su genuino plan en marcha, con la esperanza de que funcionara como había imaginado. Era arriesgado e incierto, pero había pocas otras opciones disponibles para él, así que no le quedaba más remedio que probarlo. Iba a procurar que los dos antiguos cómplices se acusaran mutuamente por la desaparición del botín, y para eso haría una llamada desde el Ayuntamiento al número que los *ex "SS-Hauptsturmfihrer" (capitán) Karl ACKERMANN, y* el *"SS-Obersturmfïhrer" (teniente) Ludwig VOGT,* le habían dejado por si fuese necesario.

— Buenos días, soy el Padre Bertrand, sacerdote de Ribeville, ¿Puedo hablar con el señor Ackermann, por favor? ¡Sí claro! ¿De qué se trata? Contestó el interlocutor, que no era otro que *"Jean Lebrun"*, el antiguo colega que los albergaba en París.

Unos minutos más tarde, *"Ackermann"* se puso al teléfono.

— ¡Buenos días, Padre Bertrand! Qué amable sorpresa! ¿Usted dirá?

— Señor *"Ackermann"*, me gustaría hablar con usted sobre los posibles robos en la iglesia, que me comentó.

— Con mucho gusto, Padre, ¡con muchísimo gusto! ¿Cuándo desea que nos veamos en su precioso pueblo?

— ¡Cuando mejor le convenga! ¿Pero podría venir solo, por favor?

— Pero ¿Por qué solo!

— Puede que no tenga la menor importancia, pero me gustaría hacerlo de esa manera, usted juzgará más tarde.

— ¡Bien! Si así lo desea, estaré en su presbiterio mañana por la mañana si le conviene.

— ¡Muy bien, perfecto, le esperaré!

Al día siguiente, alrededor de las once *"Ackermann"* llamó a la puerta de la rectoría, el sacerdote estaba ausente, y fue Laurette que entretenida a sus ocupaciones vino a recibirlo.

— ¡Buenos días, señor!

— ¡Muy buenos, señorita! ¿está presente el Padre Bertrand?

— ¡No, aún no, en este mismo momento, está celebrando un bautizo! ¡Pero no se preocupe, estará aquí en poco tiempo! Ya ha pasado más de un cuarto de hora desde que comenzó la ceremonia.
Pase, y siéntese, por favor, ¿Le apetece un café, u otra cosa?

— ¡No! Muchísimas gracias, es usted muy amable, ¡Esperaré al Padre si no le importa!

— ¡Bueno! Está por llegar.

— ¡Dígame señorita! ¿Podría hacerle una pregunta?

— "Sí, por supuesto, ¡usted dirá!

— Gracias, como ustedes sin duda saben, mi colega y yo, somos enviados por nuestro gobierno, para tratar de recuperar bienes indebidamente expropiados a sus compatriotas, y remitirlos a sus legítimos dueños. Es lo mínimo que podemos hacer, para ahora, enmendarnos mínimamente de los muchos perjuicios y agravios sufridos por la población durante la guerra.
Estamos tratando de obrar para aportar un ínfimo remedio a las muchas fechorías que se han cometido,

y que, para nuestros gobiernos, supone la única manera de recuperar la confianza entre nuestros dos países.

— Me parece una excelente idea de su parte, y no dude de que sabremos apreciarla debidamente. Contestó Laurette.

— ¡Dígame! ¿Supongo que está al tanto del incidente que tuvo lugar en la sacristía del Padre Bertrand?

— ¡Oh! no me diga, podría haber sido una tragedia. afortunadamente la caída de parte del techo tuvo lugar durante la noche, y gracias a Dios, nadie resultó herido.
De hecho, fue mi madre quien descubrió lo sucedido cuando llegó temprano a limpiar.
Al abrir la puerta, casi le da algo, del susto. También se percató de que esta no estaba cerrada, como de costumbre.
La habitación estaba llena de escombros de yeso y completamente cubierta de polvo.

— ¡Muy Bien! Y aparte los escombros de yeso, sabe sí había algo más, como una caja de madera, ¿por ejemplo?

— ¡No! nada más, era todo, además el señor alcalde, y la mitad del pueblo pueden dar fe de ello. Afortunadamente, gracias al Padre Bertrand, que también se comunicó con la Diócesis de Chartres, las dos entidades acordaron llevar a cabo los trabajos de reparación rápidamente.

Laurette empezaba a dudar, por el curioso tono de la conversación que cada vez le parecía más extraña y se asemejaba a un verdadero interrogatorio.

— ¡Ah! Ya llega el sacerdote, el será capaz de contarle más sobre lo ocurrido.

— ¡Buenos días, Padre Bertrand! Aquí estoy, solo como usted deseaba. ¿qué cosa tan importante y misteriosa, tenía que decirme a solas?

— Bueno, es un poco delicado de contar, y preferí comentarlo antes con usted, luego ya opinará, pero hay algo que desconoce.

— ¡Oh, Padre! ¡Está usted muy misterioso!

— ¡Bueno, usted insinuó, que podría haberse cometido ciertos robos en mi iglesia!

— ¡Si efectivamente, es muy probable!

— Bueno, como dije, ¡Un hecho muy raro sucedió en mi sacristía hace poco tiempo! Una mañana, mi asistenta Mathilde, descubrió que parte del falso techo de la sacristía había caído durante la noche al suelo, causando daños significativos. Y me comunicó, que se sorprendió al ver que la puerta de la sacristía no estaba cerrada con llave, lo que es inusual.

Inmediatamente el alcalde vino a constatar lo ocurrido, e informamos al obispo de Chartres.

En el piso solo encontremos yeso del techo, desde entonces, el Ayuntamiento se ha hecho cargo de los trabajos necesarios para la restauración.

— ¡Bueno! No sé si estos hechos son de alguna

consideración para usted, pero debí informarle.
El alcalde podrá confirmar todo esto.

— ¡Muchas Gracias padre! Lo que me cuenta me resulta muy interesante efectivamente.

— Sí interesante y curioso, porque según mi sirvienta Mathilde, la sacristía había sido forzada, la puerta solo fue empujada, pero no cerrada como de costumbre.

Las autoridades pudieron comprobarlo, y con certeza alguien se introdujo en la sacristía, la noche de la caída del techo.

— No sé qué le parece, pero alguien vino a conseguir algo allí, y sabía perfectamente su ubicación.

— Sí, de hecho, ¡es más que curioso!
Añadió *"Karl Ackermann."*

— ¡Padre! ¡Le ruego que, de momento, no comente nada de esto a mi colega "Vogt"! Agregó.
"Ackermann" salió a toda prisa de la rectoría con cara de pocos amigos.

13

Al llegar al apartamento de Jean Lebrun, en París, encontró a su colega *"Ludwig Vogt"* solo, Lebrun acababa de marchar a su tienda.

— Dime Ludwig, ¡Creo que tenemos un serio problema!

Voceó *"Karl"* en alemán.

— ¡Un problema! ¡Qué quieres decir, explícate!

Contestó *"Vogt",* sorprendido.

— ¡Escucha, no creas que soy tonto, fuiste tú quien fue a la sacristía de la iglesia de Ribeville, y que sacó nuestra caja de oro del techo del presbiterio!
¡Y no lo niegues, tengo pruebas!

— Pero Karl, ¿qué estás diciendo! Cómo te atreves a acusarme de esa sensatez!

— ¡Escucha, no mientas! Tú y yo éramos los únicos en saber dónde se encontraba la maldita caja. La puerta de la sacristía fue forzada, y el techo reventado, además La primera vez que fuimos a

hablar con el Padre Bertrand, noté perfectamente los restos de la puta caja en el montón de madera al lado de la iglesia, ¡Y ahora, te atreves a negarlo!
¡Además, Tengo pruebas formales de que nadie más ha tocado nuestro oro! Por lo tanto, fuiste tu quien cogió su contenido. ¡No lo niegues!
— ¡Oye! ¿Con qué derecho me acusas de robo, sabes perfectamente, que jamás se me ocurriría hacer tal cosa, te aseguro que no tengo nada que ver con todo eso. ¡Quién me dice que no fuiste tú quien lo planeo todo! Ahora, Ya no eres mi superior, métetelo bien en la cabeza, ¡Te repito, que no tengo nada que ver con eso, y sigues con tu delirio acusándome!

"Scheiße, Verpiss dich"!!!

Los insultos fueron a más, hasta que llegaron los forcejeos y los golpes entre los dos compañeros, entonces, Karl agarró un cuchillo en la mesa de la cocina, y golpeó fuertemente Ludwig en el estómago. En un instante, se tambaleó, pero finalmente consiguió atrapar una estatua de bronce de la estantería, y golpeó violentamente a *"Karl"* en la cabeza.
Este se derrumbó sobre el suelo, herido de muerte.
Ludwig, gravemente lesionado se arrastró hasta el baño, completamente pálido, y cayó sobre el azulejo a su vez.

En escasos minutos, un charco de sangre lo rodeaba por completo. Intentó incorporarse, pero no pudo, entonces, aprovechando las escasas fuerzas que le quedaban, consiguió llegar hasta el aparato de baquelita, que se encontraba sobre una mesita de madera en un rincón del apartamento. Haciendo un último esfuerzo, atrapó el teléfono, que se le deslizaba entre sus manos sangrientas, e hizo el gesto de introducir su dedo en uno de los agujeros del dial para marcar, pero de repente se dio cuenta que no conocía el numero francés de emergencias. Ya casi sin fuerzas, intentó trepar hacia la puerta para pedir ayuda, pero a tan solo unos metros ya sin aliento, sucumbió sin conseguir llegar hasta ella.

Y fue *"Jean Lebrun"*, quien descubrió los dos cadáveres por la noche al regresar de su tienda.

Inmediatamente, alertó los servicios de emergencia, pero era demasiado tarde, los dos hombres ya permanecían sin vida.

Los investigadores, lograron determinar perfectamente el escenario y el conjunto de circunstancias que habían logrado acabar con las vidas de los dos extranjeros.

No cabía la menor duda, los dos se habían dado la muerte entre sí.

14

Por supuesto, el caso iba a ocasionar mucho revuelo, y todos los periódicos parisinos, publicaron la extraña tragedia con ambos cadáveres en primera plana.
En Ribeville fue la consternación entre los feligreses quienes los conocían bien, por haberse codeado con ellos, aunque no habían establecido relaciones personales, debido a su falta de empatía.
Los únicos que habían intimado un poco más con ellos, eran el padre Bertrand, por supuesto, y Laurette.
Para el sacerdote, supuso una bella victoria, había logrado deshacerse de los dos indeseables, aunque le hubiese gustado conseguirlo de forma distinta.
Las investigaciones llevadas a cabo por los agentes de policía del *"Quai des Orfévres",* con la ayuda de los *"Gendarmes"* de *"Auneau",* no dio lugar a nada concluyente, el expediente, así como los dos féretros

fueron enviados de vuelta a Alemania, y no se supo más de ellos. A partir de ahora, el Padre Bertrand iba a preocuparse del angustioso suplicio que tanto lo atormentaba, quitándole el sueño.
"Laurette". Sus días, y especialmente sus noches, las pasaba perturbado por el terrible dilema, y sus incesantes pensamientos, no le consentían ningún respiro. ¿Qué puedo hacer? ¿Qué elegir? ¿Qué debo decidir? Cuando pensaba haber logrado la solución, inmediatamente su mente volvía a atormentarlo y cuestionarlo todo, de repente todo se volvía, opaco e insensato. Sus deseos e impulsos cambiaban y se convertían en sentidos contradictorios.
Debía lograr rápidamente una solución, que lo sacara de alguna manera de ese insostenible dilema, de lo contrario, con toda seguridad, caería en la locura. Sólo estaba seguro de una cosa, su atracción física por Laurette.
¿Pero era eso amor? No tenía la respuesta, el único amor que conocía era el que había dedicado por completo a Dios, a través de su compromiso, su sacerdocio, y su total entrega.
Entonces, ¿qué podía hacer? Una mañana, se despertó, y al momento, sintió el singular y característico aroma del café acariciando con fragancia su olfato. Laurette había venido a preparar su almuerzo como de costumbre, como todos los demás días del año, pero esa mañana se había dado cuenta, y le gustó.

Se levantó de un tirón, vertió un poco de agua fresca de su jarra en la palangana, y se chapuzó la cara con las manos.

Llegó hasta la mesa, donde le esperaba su inmutable y habitual desayuno, preparado como de costumbre por la joven.

Apartó la silla un poco, como para tomar asiento, pero se detuvo un instante y se dio la vuelta.

El sacerdote, dio unos pasos hacia su sirvienta, y con un gesto franco y decidido, la tomó en sus brazos y la besó apasionadamente.

Al principio, Laurette se sorprendió, no obstante, inmediatamente se abandonó a los brazos del Padre, quien sin pronunciar una palabra la cogió la levantó y la llevó hasta su lecho.

Esa mañana, fue para ambos una loca y dulce madrugada de amor, algo torpe pero tiernamente intensa.

Había sucedido, sí, ambos no lo podían imaginar, no podía ser real, ese momento que estaban viviendo.

Este despropósito no podía estar ocurriendo entre esas dos personas, ese momento tantas veces soñado, tantas veces imaginado, y tantas veces rechazado tenía lugar. Era como un sueño, un dulce sueño falso y verdadero a la vez, que arrastraba como un torrente desbocado todos los prejuicios por su sendero.

Después llegó el sosiego, el relajante y dulce apaciguamiento, y tuvieron una larga conversación.

Nada sería como antes, habían dado el paso, el salto al abismo, y la vida en adelante sería diferente para ambos. El Padre Bertrand estaba esta vez decidido, pediría a su obispo, renunciar a la orden sacerdotal, y una nueva vida llena de incertidumbre, pero también de satisfacción, estaba a punto de comenzar. Para el Padre había sido una decisión penosa y complicada, pero, aunque jamás rechazaría su amor al Padre Celestial, ya no concebía la vida terrenal sin Laurette.

15

Con toda evidencia, Laurette estaba sumamente entusiasmada, era como un sueño hecho realidad, un sueño en el que ya ni se atrevía a creerlo, casi una quimera. Su amor imposible acababa de satisfacer sus expectativas más inalcanzables, una sencilla mañana, similar a tantas otras, sin previo aviso, sin tan siquiera un sutil indicio, había ocurrido en el momento que menos esperaba. Todo su cuerpo temblaba y, su corazón desbocado latía con intensidad, al tiempo que le faltaba el aire. Fue una sorpresa inimaginable, un trueno en un cielo azul, un rayo de sol en una noche oscura, casi un milagro. Unas horas después, los dos enamorados sentados uno al lado del otro, en las sillas de la pequeña sala de estar, planeaban los proyectos más locos. Ese día, a Laurette, se le olvidó incluso por primera vez preparar la comida del Padre. Pero no les importaba, no sentían hambre, al menos no de ese que te escarba el estómago.

Sentados allí, con las manos juntas, ¿Cuánto tiempo pasaría? Quién sabe, y después de todo, qué importaba, eran felices, y con eso les bastaba.
Padre Bertrand, tuvo incluso que recordarle, ir a ver a su madre.

— ¡Debe estar inquieta, y preocupada! le recordó el sacerdote, ¡No has vuelto a casa desde esta mañana!

— ¡Si! ¡Tiene! ¡Oh, lo siento! ¡Tienes! Razón, marcho ahora mismo.

— ¡Ve Laurette, te espero mañana para desayunar!

— Si Louis, descuida, ¡Aquí estaré sin falta!

La chica regresó a su casa, donde su madre Mathilde la esperaba muerta de inquietud. Para ella fue una larga noche sin conciliar el sueño, sin embargo, había conseguido su inasequible e insensato objetivo, algo que nunca imaginaría alcanzar, y ahora era suyo, si solo suyo y jamás lo dejaría escapar. El padre Bertrand tampoco pudo pegar el ojo esa noche, la mente llena de delirios y tormentos se lo impedía, era a la vez, tan fácil y complejo, pero tan sencillo y dificultoso, que no conseguía encontrar la pacífica quietud en su mente. Demasiadas cosas le pasaban por la cabeza, demasiada incertidumbre, demasiadas preguntas sin respuesta.

Pero, sabía que lograría encontrar la tranquilidad y el sosiego, eso lo daba por hecho, sin embargo, otra cosa le preocupaba, quizás aún más, y era el famoso

tesoro escondido en el sarcófago del Padre Ricardo, que debía sentirse incómodo y a estrechas.
Entonces, había llegado el momento de sacarlo de ese lugar tan inoportuno y despiadado.
Y sin más demora, decidió retirarlo la noche siguiente.
De madrugada, Laurette llegó puntual, como de costumbre, con una amplia sonrisa, entró con la intención de preparar el rutinario desayuno, pero Louis, ya estaba sentado en la mesa y todo estaba listo.

— Ven Laurette, ven y siéntate junto a mí, vamos a tomar nuestro desayuno juntos, a partir de ahora lo haremos de esa manera. La chica se acercó y se acurrucó junto a él, y después de largos ratos abrazados, terminaron tomando su colación enlazados.

— ¡Oye Laurette! Hoy no voy a poder comer contigo, cómo puedes imaginar, tengo que ir absolutamente a Chartres, a hablar con el Obispo.

— Sí, claro, me lo imagino, no te preocupes, yo seguiré con mis faenas, haz lo que tengas que hacer. ¿Sabes si llegarás para cenar?"

— Sí, por supuesto, estaré de vuelta con el autocar de las seis, lo siento, ahora tengo que preparar unos papeles para la oficina del obispado, lamento no pasarlo contigo, pero es imprescindible para nuestro asunto.

— No te preocupes, cariño, tomate tu tiempo lo

entiendo perfectamente, yo voy a encargarme de la limpieza de la iglesia.

El padre Bertrand tomó el viejo autobús de las ocho, que trasladaba cada día los viajeros que querían acudir a Chartres, era un largo y penoso viaje dado que recorría multitud de pueblos, hasta su destino.

Se dirigió directamente a la oficina del obispo, con quien se reunió varias horas, para informarle de su decisión irrevocable. A continuación, firmó su renuncia y depositó los numerosos documentos y archivos de sus tres iglesias en la administración del obispado.

El obispo, por mucho que lo intentó, no pudo convencerlo de renunciar a su proyecto, pero, sin embargo, le pidió permanecer un mes más hasta que llegara su sustituto, lo que naturalmente aceptó.

Luego, a última hora de la tarde, regresó a Ribeville por los mismos medios, como previsto.

A las seis en punto estaba de vuelta, y encontró a Laurette atareada con los preparativos de la cena.

— ¡Buenas tardes, Louis! ¿Qué tal te fue en la entrevista con el obispo?

— Muy bien Laurette, muy bien, sin ninguna dificultad, aunque como te imaginas, intentó convencerme por todos los medios! Pero llegamos a un acuerdo, el asunto está definitivamente solucionado, de ahora en adelante somos libres. Bueno, me queda aún un mes, tengo que encargarme de informar y transmitir todas las actividades y labores a mi reemplazo, pero después, ¡A disfrutar de nuestra nueva vida!

— Perfecto cariño, espero tenerte a partir de ahora tan solo para mí

— Sí, Laurette, será maravilloso, sólo unos días más, y ya nada nos separará.

Esa noche, como había decidido, justo después de que Laurette regresara a casa de su madre, se puso a la obra para recuperar el botín, de la misma manera que lo había hecho para esconderlo.

Después de unas horas y mucho esfuerzo, había recuperado todo su valioso alijo, y volvió a meterlo en la maleta grande de su armario.

Ahora, solo le quedaba implementar el plan que había ideado cuidadosamente.

16

"El Antikov"

Al día siguiente, a la hora del almuerzo, que ahora ya tomaban juntos, Laurette, un poco preocupada por su futuro, cuestionó a su querido.

— Louis, ¿De qué vamos a vivir ahora que ya no tendremos los ingresos de la iglesia?
— No te preocupes Laurette, no te preocupes, tengo todo planeado, y te aseguro que no vamos a carecer de nada, ni tu madre Mathilde tampoco, puedes estar tranquila, confía en mí.
Laurette no entendía, pero las alentadoras y tranquilizantes palabras de Louis, la apaciguaban, ya no iba a hacerle más preguntas, había decidido

dejarse llevar por él, con toda confianza y tranquilidad.

— Laurette, mañana tengo que ir a París para dar la bienvenida al nuevo sacerdote, *"Padre Gustave"*. Estaré fuera todo el día, así que no me esperes para comer y supongo que llegaré tarde, si te parece, déjame la cena en la despensa, ya la calentaré yo.

— ¡De acuerdo! ¡Oye Louis! ¿Pero dónde dormirá el ¿Padre Gustave?

— Bueno ya veré, pero será en uno de los otros presbiterios, hasta que nos marchemos, no te preocupes.

— ¡Ah, muy bien!

Al día siguiente, Louis tomó el autobús a hacia París. Tenía que ir a recoger a su substituto, pero antes también había quedado con alguien muy importante y, además, necesitaba comprar algunas cosas.

Primero fue a su cita, en una conocida cervecería del distrito 18 de París.

Nada más entrar, contempló que su interlocutor ya lo esperaba sentado en un rincón del bistró.

El hombre, de complexión robusta, calvo, de unos cincuenta años, lo esperaba disimulando un tanto su rostro detrás de un conocido periódico ruso, al ver al Padre Bertrand, colocó su diario sobre la mesa y se despejó de sus lentes de lectura.

— ¡Buenos días, Padre Bertrand! Soy *"Andrei Petrov"*

— ¡Buenos días, señor Petrov! Disculpe mi retraso,

el metro ya no es lo que era, cada vez que vengo a la capital, pasa algún problema.

— ¡No se preocupe Padre, acabo de llegar!

— ¡Hablemos de nuestro negocio, si no le importa!

— "Sí! Por lo que sé, quiere embarcar discretamente para *"Nassau"*, la capital de las islas Bahamas.

— ¡Sí, eso es!

— ¡Perfecto! Tengo lo que necesita, bueno, no es muy lujoso ni siquiera cómodo, no obstante, le garantizo la discreción, se trata de un barco mercante.
Saldrá del puerto de Marsella en tres días, podrá disponer de una pequeña cabina, por tres mil dólares en efectivo.

— ¿Bueno, perfecto, me parece muy bien, me lo ¿Puede reservar?

— ¡Claro! Delo por hecho.

— Disculpe un momento, voy a llamarlo ahora mismo.
Petrov, marchó asta la pequeña cabina situada cerca de los lavabos, y regresó sonriente, a los cinco minutos.

— Bueno todo listo, el barco se llama *"Antikov"* y, el capitán es un amigo mío de confianza, su nombre es *"Kireief"* y, su navío se encuentra amarrado en el muelle *"Número 4 Sur"*. Zarpará a las ocho de la tarde, así que, por favor, no se retrase, el Capitán se encargará de que embarque discretamente.

— Muchísimas gracias por todo, le voy a entregar el importe en efectivo, como dicho.
¡No Padre! Entrégueselo al Capitán *"Kireief"*
— ¡Gracias, Señor Petrov, iaquí tiene su comisión!
Louis remitió discretamente, quinientos dólares en un sobre a *"Andrei"*.
— De nada, ha sido un placer. Y, no se olvide, dentro de tres días a las ocho en el puerto, sea puntual.
— ¡Si por supuesto!
Louis se despidió de *"Petrov"*, y sin perder un minuto, marchó a comprar dos maletas lo suficientemente grandes y sólidas para contener todo su tesoro. Seguidamente tomó el metro hasta la *"Gare de l'Est"*, a la cual debía llegar el *"Padre Gustave"* que venía desde la ciudad de *"Nancy"* en la región de *"Laurenne"*.
El tren llegó puntual, no obstante, ya se hacía tarde y juntos tuvieron que tomar un taxi hasta la estación de autobuses, donde pudieron alcanzar el último coche de línea para la Beauce.
Louis dejó al Padre, en el Presbiterio del primer pueblo, y después de hacerle visitar y recorrer las distintas pertenencias de la iglesia, regresó a Ribeville en bicicleta cargada con las dos pesadas maletas.
Cuando por fin llegó, Laurette ya había regresado a casa de su madre.

Sin perder tiempo, comenzó a repartir el contenido a las dos nuevas maletas, que, con el peso dividido, eran más fáciles de trasladar. Después, colocó todo de nuevo en su lugar y se acostó, rendido de fatiga.

El día siguiente, Louis lo pasó casi en su totalidad en compañía del nuevo sacerdote, *"Padre Gustave"*, mostrándole las tres parroquias, que ahora tendría que atender. Luego, por la noche regresó al Presbiterio donde lo esperaba con impaciencia Laurette.

Durante la cena, y la noche que pasaron juntos, no cesaron de hablar de su futuro y su nueva y maravillosa vida en común.

Al día siguiente, después de desayunar, Louis anunció a su joven amante que tenía que reunirse con el *"Padre Gustave"*, para entregarle dos maletas llenas de documentos con las cuentas de las tres parroquias. Por la mañana tomo el mismo autocar de París que paraba en el pueblo donde permanecía el Padre, pero no se detuvo, persiguió su viaje hasta la terminal de París.

Allí tomo el metro hasta la *"Gare d'Austerlitz"*.

En la ventanilla principal compró un billete de primera solo de ida, a Marsella.

El tren circuló toda la noche y llegó a su destino a última hora de la mañana.

Sin perder un momento Louis fue al muelle cuatro, donde se encontraba el antiguo y hastiado buque de carga *"Antikov"*.

Después de pasar el día paseando y deambulando por los bares y parques de los alrededores, siendo ya las siete de la tarde pasadas, se dirigió hacia el barco y preguntó por el capitán *"Kireief"*.
Inmediatamente el marinero de guardia llamó al Capitán, este se presentó de inmediato, saludó a Louis y lo llevó hasta su peculiar camarote.

— Aquí tiene su *"suite"*, padre, lo siento, imagino que no es la de un crucero, pero sé que usted lo entiende. Aunque dispone de lo imprescindible, ducha, lavabo, sanitarios, y hasta una pequeña biblioteca, aunque dudo que sea de su agrado, solo contiene revistas cachondas.

— No se preocupe, Capitán, comprendo muy bien, no esperaba otra cosa.
¡Ah! ¡Casi se me olvida, aquí tiene su dinero, como acordado!
Louis entregó un fajo de tres mil dólares al oficial, que se apresuró de contar meticulosamente.

— ¡Perfecto, padre, Perfecto! No dude en pedir lo que necesite, se lo entregaremos, dentro de nuestras menguadas posibilidades.
Solo le pediré que sea muy discreto, debe permanecer absolutamente encerrado en su cabina hasta nuestra llegada. Solo se comunique con *"Chéng"*, será la única persona que le atenderá.
No se preocupe, las tres comidas se le servirán religiosamente a tiempo.

También tiene algunos remedios para el mareo a su disposición.

Bueno, ahora, si no tiene más preguntas, le dejaré, tenemos que zarpar esta noche sin falta.

¡Lo olvidaba! Si necesita hablar conmigo, para una emergencia, dispone de un teléfono interior a su disposición, pero únicamente en caso de verdadera necesidad. Debemos permanecer muy discretos, especialmente durante las escalas en los puertos. ¡Supongo que lo entiende!

— ¡En absoluto Capitán, en absoluto!

17

Algo muy serio estaba ocurriendo, algo inesperado, algo increíble. Aunque Laurette aún no tenía constancia, su vida iba a cambiar, sí cambiar radicalmente era ya, sumamente irremediable.
Padre Bertrand, Louis, su Louis había tomado una decisión drástica, loca e inesperada, ¿cómo era posible? ¿Se había vuelto loco?
Él, siempre tan bondadoso, tan atento, tan amable, ahora huía solo, en un barco al otro lado del mundo. Acababa de abandonar su amor por Dios, por Laurette, por Mathilde y sus feligreses, y abandonaba como un cobarde, todo lo que había sido su vida durante años.
Obviamente, el dinero lo había cambiado, y sumamente transformado, ese tesoro caído del *"Cielo",* lo había, descarrilado, perdido por completo y vuelto íntegramente irreconocible.

Su corazón tajantemente, endurecido, había vendido su alma al diablo por unos escasos kilos de metal amarillo.

Ahora nada, ni nadie podía salvarlo, estaba perdido, se había perdido.

En su pequeña cabina del gran barco se alejaba de todo lo que había sido su vida, los días pasaban, con sus noches interminables, luego las semanas, percibiendo sólo el siniestro sonido de las olas que se estrellaban sobre el viejo casco de metal de la embarcación y que, con furia y tesón, retumbaban una y mil veces a sus oídos.

¿Qué había hecho?

¿Qué locura había cometido?

Ya habían pasado dos semanas desde que había desaparecido, sin dejar rastro.

Desesperada, Laurette no se había dado cuenta de nada, o tal vez no lo quiso ver, porque la extraña conducta del Padre durante esos días había carecido de normalidad.

No había dudado un instante, en asegurarse, de que dos hombres se dieran la muerte entre sí. Finalmente, dos personas inocentes cuyo único propósito había sido hacer el bien, para tratar de redimirse y reparar algo del daño, ocultando esta caja de oro, para evitar que se la llevaran a Alemania, con el resto del saqueo, habiéndose arriesgado volver a recogerla con único fin de remitirlo a sus legítimos propietarios.

Además, en ninguna circunstancia fueron responsables de la muerte de *"Hippolyte Bernot"*, ni de la desafortunada caída de Mathilde en las escaleras de la iglesia. Fueron sencillos accidentes, porque a veces el azar se injiere, y compromete las cosas.

Sí, los dos extranjeros, eran totalmente inocentes de todo lo que ocurrió. Fue sola y únicamente, la miserable maquinación del Padre la que les condujo a su muerte.

El viaje de Louis llegaba a su término, su mente se había sencillamente acomodado sin la mínima reticencia, habiendo perfectamente integrado sin el menor remordimiento su miserable conducta.

Después de todo, ahora, era joven, era rico y llegaba a un lugar de ensueño, dejando atrás las molestias y la triste y miserable vida cotidiana.

Pero de repente, iba a ocurrir un terrible drama.

El fuego se desató repentinamente en la sala de máquinas y se extendió inmediatamente al resto del viejo barco de carga, algunos marineros lograron ponerse sus chalecos salvavidas y saltar por la borda, sin embargo, Louis, en su camarote ubicado en las profundidades de uno de los infinitos pasillos, nunca lograría llegar al puente, y se fue a pique con el barco, aferrándose a sus dos maletas repletas de oro.

El barco, que tocó fondo por más de dos mil metros, nunca fue encontrado.

Padre Bertrand, finalmente acabaría su viaje a escasas millas de su paraíso terrenal que nunca pudo alcanzar, y aún más lejos del cielo.

18

Epílogo

Un día, Laurette, que como de costumbre continuaba haciendo religiosamente su limpieza en la sacristía de la iglesia de Ribeville, ahora administrada por el *"Padre Gustave"*, se sintió repentinamente atraída por un destello, proveniente de la parte inferior de la pesada cómoda iluminada por un rayo rasante del sol de enero.

Intrigada, tomó el mango de su escoba, y arrastró este curioso objeto hacia ella, hasta que pudo tomarlo en su mano.

Era un reluciente Louis de oro, que había escapado al Padre Bertrand, y que se había refugiado hasta entonces bajo la cómoda, en ese oportuno lugar oscuro de su sacristía.

Fin

Del mismo autor

(Publicaciones en Castellano)

— **Perdido**
   (Novela)
— **Tierra sin Vino**
   (Novela)
— **El tesoro caído del Cielo**
   (Novela)
— **Secuestro en Salamanca**
   (Novela)
— **Mercado negro en la costa blanca**
   (Novela)
—**Naturaleza**
   (Relato)

Biografía

Jose Miguel Rodriguez Calvo
Natural de "San Pedro de Rozados"
(Salamanca) España
Doble nacionalidad hispanofrancesa
Residencia: (Francia)

Du même auteur

- **Notre petite Maison dans la Prairie**
  (Récit autobiographique)
- **Les dessous de Tchernobyl**
  (Roman)
- **Le Piège**
  (Roman)
- **Amitiés singulières**
  (Amitiés Amour et Conséquences)
  (Roman)
- **Nature**
  (Récit)
- **La loi du talion**
  (Roman)
- **Le trésor tombé du ciel**
  (Román)
- **Prisonnier de mon livre**
  (Récit)
- **Sombres soupçons**
  (Roman)
- **Strasbourg Banque & Co**
  (Roman)
- **Mes amis de la Lune**
  (Hchronie)

Biographie

Jose Miguel Rodriguez Calvo
Né à Salamanca « Castille » (Espagne)
De double nationalité franco-espagnole
Résidence: (France)

jose miguel rodriguez calvo